Texte : Lucie Papineau
Illustrations : Catherine Lepage

Les amours de Lulu

À niveau

J'apprends à lire

Dominique et compagnie

**Données de catalogage avant publication
(Canada)**

Papineau, Lucie
Les amours de Lulu
(À pas de loup. Niveau 1, J'apprends à lire)
Pour enfants.

ISBN 2-89512-245-8

I. Lepage, Catherine. II.Titre. III. Collection.

PS8581.A665A86 2002 jC843'.54 C2001-941901-5
PS9581.A665A86 2002
PZ23.P36Am 2002

Éditrice : Dominique Payette
Directrice de collection : Lucie Papineau
Direction artistique et graphisme :
Primeau & Barey
Dépôt légal : 3e trimestre 2002
Bibliothèque nationale du Québec
Bibliothèque nationale du Canada

Dominique et compagnie
300, rue Arran, Saint-Lambert
(Québec) Canada J4R 1K5
Téléphone : (514) 875-0327
Télécopieur : (450) 672-5448
Courriel : dominiqueetcie@editionsheritage.com

Imprimé au Canada

10 9 8 7 6 5 4 3 2 1

Nous remercions le Conseil des Arts du
Canada de l'aide accordée à notre programme de publication, ainsi que la SODEC
et le ministère du Patrimoine canadien.

Gouvernement du Québec – Programme
de crédit d'impôt pour l'édition de livres –
Gestion SODEC

Pour le vrai de vrai Bibu... et pour mon vrai de vrai chat adoré !

Lucie Papineau
X

moi

C'est moi, Lulu.

mon Toupti

Lui, c'est Toupti, mon chat adoré.

Bon, bon, je sais… Toupti est énorme.
Mais moi, je l'aime énormément.

Avec lui, je n'ai peur de rien.

Avant, j'avais peur de tout.
Surtout des souris. Hiiiiiii !

Mais maintenant que Toupti
est dans ma vie…

Je suis devenue
dompteuse de souris !

Bon, bon, je sais…
Ce n'est pas le jeu préféré des parents.

Alors nous jouons à saute-mouton.

Avant, j'avais une peur bleue des moutons.
Mais Toupti a encore plus peur que moi !

J'essaie donc de lui donner l'exemple.

Et nous rions tous comme des fous !

Bon, bon, je sais...
Ce n'est pas le jeu préféré des voisins.

Heureusement que Toupti m'aide
à faire le ménage !

Les jours d'école, tout est différent.

Aucun chat n'est admis en classe.
Pas même Toupti !

Quand mademoiselle Boileau-Menton
me demande d'aller au tableau…

Je deviens rouge, verte, puis jaune.
J'oublie tout ce que je sais !

Si elle me pose une question,
c'est encore pire.

Je me change en grenouille. Toute la classe
peut entendre mon ventre qui gargouille!

Je n'y peux rien.
Quand Toupti n'est pas là, j'ai peur de tout.

Mais voilà qu'un matin nous accueillons
un nouvel élève.

Mademoiselle Boileau-Menton dit :
– Voici Bibu, il va s'asseoir à côté de Lulu.

Mademoiselle me fait un clin d'œil. Bibu aussi.
Eh… oh ! Que se passe-t-il ?

Je deviens rouge, rouge, puis rouge encore.

Je me souviens de tout ce que je sais.
Je pourrais même dompter des souris !

Bon, bon, je sais… Mais maintenant que Bibu
est là, je n'ai plus peur de l'école.

Vraiment, je ne sais
pas pourquoi.

Est-ce que tu le sais, toi?